ARMAND DE FLEURY

BOUQUET A MON FILS

POÉSIES

1865

BORDEAUX
Imprimerie centrale de Vᵉ Lanefranque et fils, rue Permentade, 23-25.

NOVEMBRE

ARMAND DE FLEURY

BOUQUET A MON FILS

POÉSIES

1865

BORDEAUX

Imprimerie centrale de Vᵉ Lanefranque et fils, rue Permentade, 23-25.

BOUQUET A MON FILS

POÉSIES

I

Le Médaillon.

Mon fils ! Dieu qui bénit dans les enfants, leur père,
M'a comblé de sa grâce en te donnant à nous ;
Et je sens, malgré moi, fléchir mes deux genoux,
Quand je te vois, si beau, dans les bras de ta mère !

C'est que l'arbre, au printemps, qui porte un fruit d'été,
D'un parfum plus suave embaume et charme l'âme,
Et que ta mère, enfant, unit dans sa beauté,
La grâce de la vierge à l'éclat de la femme.

Heureuse mère ! à qui je demandais souvent
De m'offrir son portrait, peint de la main d'un maître
A peine, en sa bonté, Dieu t'avait-il fait naître,
Qu'elle mit dans mes bras ton petit corps charmant !

« Acceptez-le, dit-elle, il est peint de nature.
» J'ai travaillé neuf mois, Dieu tenait le pinceau ;
» Tous mes traits sont rendus, dans cette miniature,
» Et d'un profond amour elle porte le sceau. »

Voilà pourquoi, mon fils, malgré ton si jeune âge,
— Car tes trois mois sont clos d'aujourd'hui seulement —
Comme l'acier subtil va s'unir à l'aimant,
Mes yeux, sans se lasser, vont chercher ton visage !

Les hommes disent tous — et je l'ai dit comme eux —
Que dans les premiers mois, l'enfant pleure sans cesse !
Qu'il n'offre nul attrait : et ces beaux dédaigneux
Négligent de cueillir la plus fraîche caresse !

La femme, qui lit mieux dans le livre du cœur,
Dans tout vagissement pressent une harmonie,
Elle sait, privilège heureux de son génie,
Embellir le bouton des grâces de la fleur.

C'est qu'aussi, mon enfant, tout en vous est prestige!
Votre sourire est doux comme un rayon de miel,
Et votre œil étonné sur chaque objet voltige,
Comme le papillon suit les fleurs, sous le ciel !

Point ne parlez encor ! mais quel charmant langage
Que ce gazouillement à peine articulé !
La fauvette y répond, dans son chant modulé ;
Ainsi, l'ange et l'oiseau confondent leur ramage !

Pour embrasser le sein arrondissant ses plis,
Sans craindre de tarir la source complaisante,
Votre bouche qui presse une coupe vivante,
Est un bouton de rose attaché sur un lys !

Si la souffrance un jour pâlit votre visage,
Le deuil s'abat, soudain, sur toute la maison ;
Une larme en vos yeux, met au ciel un nuage,
Votre regard voilé, voile tout l'horizon !

Mais bientôt, tu souris?... C'est un cri d'allégresse !
Tes petits bras tendus vont tous nous asservir !...
Monseigneur ! c'est à qui voudra mieux vous servir :
Car tout votre pouvoir naît de votre faiblesse !

Et moi, le père heureux, je bénis la bonté
Du Dieu qui répandit tous ses dons sur l'enfance !
La plus charmante grâce, est l'extrême innocence,
Et c'est de la candeur, que germe la beauté !

Mon fils ! si tu pouvais mieux comprendre ton père,
Je te dirais : « ta mère est une rare fleur :
Comme tu prends son sein, mon enfant, prends son cœur,
Et tu seras alors son médaillon sur terre. »

Bordeaux, Janvier 1861.

II

Le Saut du nid.

Qui de vous n'a connu, sous la grappe odorante
Des lilas blancs et bleus, le premier saut du nid
D'une jeune couvée? Alerte et gazouillante,
Sans regret d'un passé que le ciel a béni,
La nouvelle famille à déserter s'apprête.
La liberté l'appelle à planer dans les cieux ;
Et debout, l'aile au vent, le bec fier, haut la tête,
Sur les bords d'un Donjon désormais odieux
Chaque oiselet se dresse. On dispute, on babille ;
Un Faune qui courait la ramée, à minuit,
Les entendit traiter leur doux nid, de Bastille !
Car, de plaisir, nul d'eux n'a dormi de la nuit !
Enfin, l'aube surgit. Les tremblantes étoiles
Pâlissent au Zénith, tandis qu'à l'Orient,
D'un long rideau de pourpre ouvrant bientôt les voiles,
Monte, en meule de feu, le soleil éclatant.
Mai donne des baisers à toutes les corolles !
C'est l'heure où les amours germant avec les fleurs,
Les Sylvains sont hardis, et les Dryades folles.
Amandiers et pêchers confondent leurs couleurs
En mêlant leurs parfums... Toute chose tressaille
Au contact du dieu Pan : Papillon dans les prés,
Libellule aux roseaux ; grillon dans la broussaille,
Jeune faon par les bois, merle par les fourrés.
Tout vit, chante, et fleurit : Quelle heure plus propice
Pour le premier essor du novice oiselet ?
Le chat, rôdeur de nuit, dont on craint l'artifice,
Est rentré sous le toit ronger son osselet,
Et l'écolier cruel dort encore au village.
La mère prévoyante a pesé tout cela...
Et pendant que, perché sur le plus haut branchage,
Le père fait le guet, prêt à crier : « Holà ! »
Le signal est donné, — Nos conscrits intrépides,
Bataillon insurgé de jeunes voltigeurs,
Pour la première fois, de leurs ailes avides
Pressent l'air..... Écoutez ! par tant de cris vainqueurs
Le bocage est charmé ! Celui-là, plein d'audace,
Franchit d'un seul élan le premier cerisier,

Tandis que plus timide, et semblant crier grâce,
Sa jeune sœur s'accroche aux branches d'un rosier.
Un autre, pour tapis choisit des violettes;
Le quatrième, écoute, au sommet d'un buisson :
Tous boivent la rosée au cœur des pâquerettes,
Puis, réunis en chœur, chantent à l'unisson
Le motif du départ... Et, dans les lilas sombres,
Où le nid pend toujours, sans objet désormais,
La mère, au lieu d'enfants, ce soir, verrait des ombres...
Mais la mère le sait, et ne revient jamais.

Je sais un autre oiseau dont le brillant corsage,
Tantôt blanc, tantôt rose ou bleu, simple toujours,
Change au gré de sa mère. Il n'est point de ramage
Égal à son babil plus charmant tous les jours,
Et le duvet soyeux des naissantes fauvettes
Est un chanvre grossier, près du lin ondoyant
Qui roule de sa tête en spirales coquettes :
Son regard fait pâlir le saphir chatoyant.....
Ce jeune oiseau sait rire, et, quoique fort volage,
N'a d'ailes que ses pieds! — Dieu vous garde longtemps,
Toujours plus embelli, plus chanteur et plus sage,
O vous, qu'il a déjà protégé deux printemps!
Car vous êtes l'oiseau béni de l'hyménée,
Notre enfant bien aimé, déjà presque un garçon,
Puisque octobre a fermé votre deuxième année,
Et que vous dirigez, solide sur l'arçon,
Le destrier de bois aux mobiles roulettes :
Puisque votre regard est un rayonnement,
Et qu'à votre sourire Amour mit deux fossettes
Dont votre sœur sera jalouse, assurément.
Donc, nos enfants sont nos petits oiseaux. Ces anges
Ne vont pas déserter le doux nid maternel
Avant d'avoir perdu le duvet et les langes,
Comme l'oiseau du ciel, cet ingrat éternel!
Mais si Dieu leur donna pour berceau, d'aventure,
La prison de granit d'une vaste cité,
Et qu'un jour de printemps, à travers la fissure
D'un vieux mur mitoyen par le lierre abrité,
Ils découvrent soudain, brillants sous la rosée,
Le rameau d'amandier tout constellé de fleurs,
Mères! n'espérez plus borner à la croisée
Le modeste horizon de vos oiseaux chanteurs!
Par delà le toit noir, ils rêvent la montagne;

Ils flairent les sainfoins dans le vent du matin,
Et leur chuchottement réclame la campagne,
Quand vous bercez le soir leur sommeil enfantin :
L'oiseau veut dénicher.

        A la saison dernière,
Celui que nous aimons, venait d'avoir deux ans ;
Il vit des myosotis au corset de sa mère,
Ce fut assez ; le soir, il demandait les champs.
Hélas ! Bordeaux n'a rien, en soi, de bucolique,
Et les vallons fleuris sont loins, sous les coteaux :
L'oiselet, cependant, commandait sans réplique,
Le lendemain, dès l'aube, il voguait sur les eaux,
C'était en juin : le bleu du ciel était limpide ;
Le blanc des fleurs, nacré ; doux, le vent des forêts !
Le soleil dorait l'eau, de sa gerbe splendide,
L'allouette au matin chantait sur les guérets :
La chaloupe accosta près d'un lit de pelouses,
Sous un parc, où la mousse a des reflets moirés
Qui font sécher sur pied les pervenches jalouses,
Tapis champêtre, aimé des chasseurs égarés...
L'oiseau jetait son chant, le fruit mûr, son arôme,
Nous lâchames l'enfant dans un riche verger,
Qu'un massif de tilleuls ombrageait de son dôme ;
Pareil à ces chevreaux échappés au berger,
Il bondissait joyeux du tertre à la cascade,
Effeuillait une rose aux poissons du bassin,
S'effarouchait du paon ; poursuivait la pintade,
Ramenait à la mère un timide poussin !...
Là, c'était un rameau de cerises vermeilles
Que réclamait sa main, d'un geste de César,
Tandis que son pied nain, respecté des abeilles,
Foulait la giroflée et la menthe au hasard.
Ici, c'était un lys, que le petit vandale
Arrachait de sa tige en riant aux éclats,
Et la royale fleur courbait chaque pétale
Sous les doigts du lutin charmé de ces ébats...
Le satin velouté s'envolait du calice,
L'étamine pressée écrasait le pistil,
Et l'innocent bourreau, prolongeant le supplice,
Semblait percer la fleur de son regard subtil.
On le voyait parfois, d'un sérieux comique.
Suspendre le massacre : il coiffait bravement
Son casque de papier, qu'un plumet magnifique

Faisait plus grand que lui ; dans cet accoutrement,
Le petit grenadier saisissant deux baguettes,
Les petits bras raidis, frappait un arrosoir
En criant : « Roulement ! » et sur les pàquerettes,
Pour le voir de plus près, chacun venait s'asseoir.
Qu'il était beau, tout blanc, parmi les herbes vertes,
Demandant à l'insecte, à la fleur, son secret !
Le papillon, qui court les grenades ouvertes,
Hésitait sur sa bouche, et partait à regret.
Le sommeil le surprit au milieu de l'ivresse :
Il revint à la ville avant de s'éveiller :
Le duvet du berceau lui prêta sa mollesse,
Mais son rêve garda les fleurs pour oreiller !...
L'oiselet dans son nid songeait de la montagne ;
Il était possédé par son énivrement,
Car deux fois dans la nuit, le doux nom de campagne
S'éteignit sur sa bouche en un gazouillement.

Bordeaux, février 1863

III

Le Portrait rêvé.

Loin des salons bruyants du Monde,
Dans un modeste intérieur,
Allait, venait, jasant, rieur,
Un garçon rose à tête blonde
Parmi les beaux yeux de quatre ans,
Nul n'avait des cils bruns plus grands,
Nul, un plus entraînant sourire;
Comme un grand homme il savait lire!
La mère, en tirant vanité,
Vivait suspendue à sa lèvre,
Et la maison prenait la fièvre
Sur un cri de l'enfant gâté.

Le père, qui voulait que son fils fut un homme,
Non de ces Adonis qu'en souriant l'on nomme,
Rêvait, par son enfant, un plus mâle portrait!
Un soir, que dans ses bras où l'amour l'attirait
L'innocent endormi pliait son aile d'ange,
La Muse recueillit ce monologue étrange
Que le père, à son fils, bercé par ce doux bruit,
En le baisant au front, murmurait dans la nuit.

LE FRONT.

« Laisse moi dégager ce front, qu'en sa faiblesse,
Ta mère, chaque soir, encadre avec mollesse
Sous les boucles de lin de tes cheveux ambrés?
Ce ruban de velours les retient trop serrés :
Et, dût-on à l'envi dire mes mains profanes, —
Je veux livrer aux vents ces tresses diaphanes,
Opulente toison, qui fera ta fierté
Quand tu la secoueras, aux jours de puberté!
Que de candeur! je cherche en vain dans la nature,
Pour peindre ce front pur, une image assez pure!
C'est le ton de la neige; avec les chauds reflets
Dont le soleil la dore, au pays des chàlets :
Le pâtre béarnais, familier des étoiles,
Verrait un pan du ciel, dans sa clarté sans voiles,
Et le pêcheur, ravi par sa sérénité
Songerait à son lac, des hauts monts abrité!...

Mais si des hauts sommets la neige immaculée
Est égale en blancheur; si la nuit constellée
Le surpasse en éclat : si son calme charmant
Dort moins silencieux que les eaux du Léman,
Votre front, ô mon fils, du moins possède un charme
Devant lequel, toujours, la nature désarme :
Le soleil qui l'éclaire a des rayonnements
Qu'on ne demande pas au feu des diamants;
Ce front reflète une âme! Il porte avec la vie
L'étincelle qu'au ciel Prométhée a ravie!
Garde-le pur! plutôt que de le voir taré,
Qu'il soit dans les combats mille fois balafré!
Où la corruption grave des flétrissures,
L'honneur écrit « Beauté » sur les fières blessures!
Supporte le malheur, mais repousse l'affront
Le premier ennoblit, l'autre avilit le front.
La dune devient chauve aux vents de la tempête;
Les ouragans du cœur ainsi rasent la tête...
Sur ce front, le travail mieux que les Aquilons
Saura graver la ride en sinueux sillons!
Tiens-le haut sans fierté devant ces parvenus
Qui tarifent l'honneur au taux des revenus :
Ces gens-là sont petits. Pour braver leur empire,
Rien ne vaut la pitié d'un dédaigneux sourire!
Tiens-le fier sans hauteur en face du Pouvoir;
Ne lui demande rien, pour ne lui rien devoir.
Si jamais ses faveurs te tombaient sur la tête,
Portes-en le fardeau, mon fils, d'un front honnête :
Quand l'homme qui commande est sans aménité,
Son orgueil est petit comme la vanité. »

Le père en achevant ainsi sa période,
S'échauffait et montait jusques au ton de l'ode.
L'enfant, levant sur lui son regard merveilleux,
L'illumina soudain d'un éclair de ses yeux.
Le père, alors, reprit :

LE REGARD.

                    « Oui la lumière abonde
Dans ce regard bronzé que le sommeil inonde!
Tel le soleil s'éteint, meule d'or, sous les flots,
En renvoyant sa gerbe aux rochers des ilots.
Je voudrais t'expliquer — mais tu ne peux comprendre,
Pourquoi votre œil, enfant! si timide et si tendre,

Est, dans son origine et sa condition,
Le plus auguste objet de la création !
Quand, dans l'immensité qu'il remplit tout entière,
Dieu, choisissant son heure, eut suspendu la terre
Comme un fragile atôme au sein de l'infini,
L'homme n'y parut point seul, ainsi qu'un banni !
C'est un roi qui naissait ! Et toute la nature,
Pour fêter son seigneur, devait prendre parure !
Les poissons argentaient la surface des eaux,
L'air était diapré des reflets des oiseaux.
Le rossignol savait son andante ; les roses
Entr'ouvraient leurs boutons aux grenades écloses !
Passereaux et ramiers groupés au point du jour
Entonnaient au printemps leur hosannah d'amour.
L'insecte bruissait ; le fruit pendait : la pomme
Qui devait tenter Ève, appelait déjà l'homme...
Partout germait la vie, auguste enfantement
Dont le sol ressentait le doux tressaillement !
Sur ces beautés alors répandant sa lumière
Dieu dardait un regard bienfaisant sur la terre,
Et s'immobilisant dans un disque vermeil,
Ce regard enflammé nous laissait le soleil !
Car Dieu, dont la splendeur nous foudroierait sans voiles,
Aime à nous regarder à travers les étoiles :
Chaque fois que son œil se détourne, irrité,
Soudain quelque soleil meurt dans l'immensité :
Mais l'homme à son image était son œuvre chère,
Et c'est avec amour qu'il regardait la terre.
Le monde étant paré, digne de son Auteur,
L'humanité jaillit des mains du Créateur,
Homme et femme, et chacun d'un corps pétri d'argile,
Mais une âme vivait, dans ce temple fragile...
Prisonnière d'un jour pour un destin nouveau ;
C'est l'immortalité qui vibrait au cerveau ;
Et quand les yeux d'Adam, merveille du visage,
Comme deux grands témoins luiront sur son ouvrage,
Dieu sait qu'il fixera sur son travail béni,
Un angle aux deux côtés ouverts sur l'Infini !
Voilà pourquoi mon fils, il n'est pire misère
Que devenir aveugle au sein de la lumière :

« Voilà pourquoi, parmi les merveilles des Cieux,
Nulle étoile ne vaut la splendeur de vos yeux !

Le regard de l'enfance! Oh! rien dans la nature,
N'égale son cristal; car de la source pure
La passion n'a pas obscurci la candeur!
Et c'est pourquoi votre œil a cette profondeur
Qui nous étonne, enfants! Il ignore, il admire,
Transparent dans ses pleurs, comme dans son sourire,
Il a ces questions et ces étonnements
Qui nous plongent sans cesse en des ravissements!
Encor quelques étés, et plus de connaissance
Doit ravir à tes yeux leur naïve assurance :
Mais la pudeur qui naît de la timidité
En voilant leur éclat, veloute leur beauté!
Loin des fanges du corps, loin des bourbiers de l'âme
Détourne-les toujours de la débauche infâme!
Si la grâce est la sœur de la virginité,
La force de l'esprit naît de la chasteté.
La première à la vierge apporte une parure,
L'autre ceint le jeune homme, à vingt ans, d'une armure!...
C'est par la pureté que Satan est battu.
Il tenta l'innocence, il subit la vertu.
Eh! qui de nous n'a vu de ces traîneurs de sabre
Dont l'orgueil tapageur à tout propos se cabre,
Baisser souvent la voix et fléchir les genoux,
Devant la fermeté d'un regard chaste et doux?
Mais si mes vœux, enfant, écartent de l'orgie
Ton œil, dont la candeur ignore l'énergie,
Dans le culte des arts je vis trop exalté
Pour désirer te voir aveugle à la beauté!
Tu jouis de ses dons; tu subiras son charme,
Et pour t'en préserver, je ne cherche point d'arme!
Oui! cher enfant, la vie aura son divin jour :
Son éclair d'idéal irradié d'amour!
Un jour, durant lequel le nom d'une étrangère
Te semblera plus doux que le nom de ta mère
Ton cœur formé par nous, seul à nous aujourd'hui,
Pour courir au bonheur, désertera l'appui!...
. . . .
. . . .
Prends garde alors! Les cieux brûlants sont gros d'orages;
L'amour plus qu'un désert est perfide en mirages,
Et tel, qui croit saisir la coupe à l'horizon,
En approchant sa lèvre, a senti le tison!
Calme envers le danger, fier devant la menace,
Que pour le faible seul ton œil demande grâce!

Que ton regard toujours fuyant l'obliquité,
Rayonne en ligne droite, ainsi que l'équité!
Pour la femme et l'enfant conserve ses caresses;
Réserve au malheur seul ses intimes tristesses
Donne une larme au pauvre; afin qu'un mendiant,
En la portant au ciel, la change en diamant! »

Comme il parlait encor, l'enfant sur sa figure
Rejoignit les deux mains en vivante ceinture :
Le sommeil s'échappait de son baiser distrait,
Et le père en ces mots acheva le portrait.

LA BOUCHE.

« Dieu soit loué! Ta bouche est largement fendue
Et n'a rien de mignard. Nulle duègne éperdue
Ne tentera d'y pendre un amour attardé :
Ton rire, épanoui, n'aura rien de fardé.
Ta lèvre, bien musclée, aux teintes écarlates
Porte avec la droiture — horreur des lèvres plates,
Un cachet de vigueur et de contentement
Qu'une bouche amincie affiche rarement.
Je ne sais quel respect me prend, quand je contemple
La bouche de l'enfant! Dieu même en fait son temple;
Puisque, sous le manteau de la naïveté,
Le Verbe qui l'habite, a nom la Vérité,
Aujourd'hui, cher enfant! cette grenade ouverte
Est un aimant d'amour! Mais lorsque recouverte
De ce viril duvet qui fait les hommes forts
Elle devra braver le monde aux faux abords,
Qui la conseillera? Quand s'ouvriront les roses,
Qui lui criera : Respect aux fleurs fraîches écloses?
Si jusques au baiser tu viens à t'attendrir,
Que ce soit pour aimer, mais jamais pour flétrir!
Fuis le mensonge, et tiens en mépris les bassesses!
La bouche des flatteurs est comme ces maîtresses
Qu'un libertin repousse après satiété :
C'est une urne avilie! — Aime la piété,
Mais que ta lèvre, enfant, murmure la prière,
Sans emboucher le cor, en criant : « Dieu le père! »
Le maître a flagellé sur les Pharisiens
Ces scribes de nos jours qui se croient seuls chrétiens.
Ne sois pas avocat : Parfois, la conscience
Chez les parleurs diserts, pêche par complaisance !

Mais si Dieu, te touchant du verbe Créateur,
Brûlait ta lèvre au feu sacré de l'orateur :
S'il t'accordait le don d'enchaîner à ta bouche,
Un jour sanglant d'émeute, une tourbe farouche ;
Si je voyais, mouvant ainsi qu'un champ de blé
Frissonner sous ton souffle un grand peuple assemblé,
Je dirais au Seigneur : « — Seigneur, reprends mon âme ;
Je vivrai dans mon fils, puisqu'il vit de ta flamme ! »

Si cependant la paix est dans l'obscurité,
Que Dieu vous garde, enfant, de la célébrité !
A l'âge ou l'esprit rêve, au souvenir d'Athènes,
Les émouvants combats, et les antiques scènes,
Il me souvient d'avoir préféré follement
Le bruit que fait la gloire au calme isolement.
Ceux qui sont revenus comme nous de Crimée,
Loups-de-mer de la flotte, ou lions, de l'armée,
Savent, pour un fleuron, combien de fruits amers
On recueillait alors sur ces lointaines mers !
Où Surcouff eut promis la chasse et l'abordage,
La croisière guettait, et le triste mouillage.
La mort même eut séduit ! la mort au champ d'honneur
Volant sur un boulet, pour frapper droit au cœur !...
Au lieu d'elle, rampaient, sous le masque blémies,
Les faces de malheur de vingt épidémies :
Ici, le choléra, fauchant pour l'Hellespont,
Trois cents morts chaque soir, de la hune au faux-pont.
Là, l'obus enflammé, des mâts rasant les cîmes ;
Sur nos têtes, le feu... Sous nos pieds, les abîmes
De la béante mer, qui réclame ses morts !
Puis, dans l'affreuse nuit, hurlant sous les sabords,
La tempête ! et non pas ces rafales honteuses
Qu'un grain de pluie abat, sur les vagues houleuses ;
Mais le monstre implacable, insensé, furieux,
Par qui la mer démente escalade les cieux,
Alors que du trident lui labourant le ventre,
Neptune excite Eole à bondir de son antre !
Quand le soleil renaît, on voit sur les brisans
Navire et matelots, pêle-mêle gisants !
Devant la majesté sinistre de ces choses,
Que j'eusse payé cher un frais bouquet de roses !
Alors il me souvint de ce calme ruisseau
A peine assez profond pour rouler un berceau,

Dont le cours, resserré dans un lit d'amaranthe,
Rit, au pied des coteaux boisés de ma Charente !
Épris des hauts sommets, l'orgueilleux Aquilon
Franchit, sans le raser, ce modeste vallon,
Et les bords enchanteurs de cette solitude
Ne sauraient attirer que l'amour et l'étude !
Enfant ! je me demande, en berçant ton sommeil
Sur les sentiers bruyants, s'il est un doux réveil ;
Si ce n'est pas pousser ton esprit à l'abîme,
Que d'attirer tes pas sur la plus haute cime !...
Pourtant !... Si cette flamme était une vertu ?...
Réponds ! Voix du devoir ! te pardonnerais-tu
D'avoir, pour les loisirs d'un repos trop facile,
Sur le trépied d'airain écrasé la sybille ?
Non ! non ! S'il doit brûler pour le culte du Beau,
Sans redouter la torche, excitons le flambeau !
Quand sur un front d'enfant Dieu verse sa lumière,
Ce front devient soleil ; il faut bien qu'il éclaire ! »

Bordeaux, 27 octobre 1864.

(Extrait du PROGRÈS)

Bordeaux. — Imp. centrale de Vᵉ Lanefranque et fils, rue Permentade 23-25.